化車

廿楽順治

思潮社

化車

廿楽順治

思潮社

目次

漏刻

化車

装幀・挿絵　宇田川新聞

化車

爆母

爆母

ふっとんでいった母をわたしはつまにした
つまとしては助かった
そういう
あらあらしい思い出がつまにあるのかどうか
わたしはかんがえない
ひたすら
（ふっとんでいく）
ということの真偽をおもっていた
たんす
箸
ミシン

つまにはいらないものばかりが残された
どうして
なにもかもふっとばなかったの
事物
の気持ちはわたしにきいてもわからない
どこに
母のうす皮がはりついているか
つまとしてはすこし糖分がたりないとおもう
わたしの
気よわな責任はよじれている
おぶってやると
(あらあら)
尻の方からおもしろいようにふっとんでいく
つまはとがった耳をふさいでいた

父顕

遠いところでわたしのものらしい骨が
ぼきぼき折れていた
父といっしょに音をたてていて
われわれの
よごれたじかんがむだにつかわれていた
みまわすと
なんだ、どいつも
となりで生きてきたやつらじゃないか
まるくりっぱにあらわれていた
ころをおもいだすなあ
ひとの骨なんか

なんぼん折ってもへいきだった
遠いところ
というのはない
父はいいきってとなりのひとの傘になった
傘でうまれてもういちど
まっぱだかの
あつい傘をかさねたのだ
わたしはまだここにあらわれていない
遠いところしかない
そういうくにをつくるのか
でも　負けてしまうくらいなら
わたしはうまれない
わたしのような遠い骨にはならないのだ

頭盆

足がまるだしなのに気づかない
頭上に
のせてきたものが
かわいて
にいさん、こりゃもう元にもどらないよ
すぐそこの沼まできたのに
おかし
もたべずにかえらなければならない
どんな時代も
皿のようなものがたりなくなって
頭上

がひらたくなるほかない
そういうことに欠乏をかんじるやつが
言いなりになって
なんぼんも
かわいた足をまるだしにするのだ
いい年して
世界に毛がはえているのにはびっくりした
でたらめだよ
いったいだれがわたしの
皿をなめたのか
まるだしの足がどうしてか気づかれない
盆をわられて
おやじは死んだ
その晩からもう三年になるんだねえ

具伝

ぐでんぐでん
きみはわたしをからかってるんですか
戦争になりますよ
のどがかれてどうにもならない
血の雨よこちょう
ぬすまれてやってきた
ろうどうのたましいにも衣をかけてやろう
ずっと
きみのしらないところを浮いてきた
のぎさんは
だいたいなっとらんよ

どうしてちょうちんがそんなにしゃべるのか
それからおれは素足になった
ぐでんぐでん
勝ったのになんだたったこれだけか
われわれが何人だったか
かぞえられるものならかぞえてみよ
後世で
べらべらかたる詩人たちは信用できない
ぐでんぐでんと
いみをすててつたえてみよ
(鬼のぱんつは)
いいぱんつ
きみにはわたしのお経がわかるまい
だって　ひとのなまえしか書いてない

伸仏

むやみにのびているわたしのこともすきだ
よれよれである
すばらしく
みどころのあるやつではないか
すきなかたちでのびきって
微動だにしない
なんて
飛んできた鳥がほめてくれる
それはすこし虫がよすぎるかもしれない
なんだ、むこうにいってもおなじ虫だったのか
しかると

おもいのほかわたしのやつがのびだして
(それでいい)
あおむけのまま遠くなる
そんなにうすくのびたって
もうだれもすきになったりしてくれない
教室のぞうきんみたいなもんだ
はてしない廊下をふいていくしかない
そこでは空が
しらないひとの夜のほうまで
晴れわたっている
どうしてあんなにのびたわたしになったのか
(おどろいたな)
なんまいもかさなって
微動だにしない

抜伝

鼻梁をくだかれて死んだあいつのことは
こわいからずっとだまっていよう
ひとの伝記だもの
すこしくらいまちがいがあってもよい
仕事がなくなって
師走のまちで
毛糸のぱんつを売ったこともある
おまえら
背中をきんとうに
この名人のかんなでうすく削ってやろうか
いたいぞ

しみるぞ
削られてから泣いたのではもうおそい
鼻をなくして
その男はつんとぬけてきた
背中の皮いちまいていどなら
（どうってことない）
でもしみるぞ
その男はぴょんぴょんと
わたしたちをひとり置きに飛んでゆく
そこに伝記の夕日がおっこちて
ぬかされたひとは
（もうだめだ）
みんなきんとうに沈むのである
うわさでは
この名人のかんなからだれも逃れられない

新大津歩道橋

おじいさんが
なんにんもつながって橋になっている
（あぶないなあ）
ひとがしずかにわたっている風景を
みんな　はらはらしながら
眼のちからだけでささえているのである
そのさいごのおじいさん
でんき
がなんだかなつかしいなあ
新大津歩道橋
それは

きみがまだ物質のわかぞうだからだ
おじいさん
の鉄ではつたえられない
地平のしびれ
そこからおれはきたんだよ
あまいたまご焼きと
女房をもって
でも　ほんとうは
だれもその背なかをわたっちゃいけない
という掟を
おじいさんに知らせてあげることができない
だまって
遠くをみる
みんなの眼のちからだけでは

みじかい

おどろくほどみじかいひとが
まがって
ぎらぎらとしていた
かかとから首まで
どうしてあんなにみじかいのか
(死んでいるのである)
馬をちゃんとたべてこなかったからだ
考えていることもたりない
おどろいた
きもちが青いままとどいていかない
あぶら

がながれてしまっていた
手がすべって
みじかいひとがつかめないのだ
東と西のあいだも
すこしみじかくなっていた
ひとがばらばらになってもふしぎでないが
そう
はならない
そんなにあわてて政治がひかるかよ
みじかいおじさんが
急にぶんれつしてふえた
(ああ)
たべた馬のあぶらがおもいだせねえ

ねむっている

箱のなかではなんにもかわらなかった
耳がひとつ
よけいに
ひらいていたりしたかもしれない
頭上に
パン屋があって
むくろのようなパンが切られていた
(ねむっている)
だから音をたててはいけない
といわれて
遠くの背をおこすように

眼で　ものがたりを
すこしだけゆらしてみたのだった
箱
だからといってえんりょすることはない
そこにのこしておきなさい
もう　現世では
たべられないひとさまの肉なのである
横になって
まるで
わたしたちの背後をはかっているようでしたよ
(とても腹がたって)
これからはずっと
耳だけの
パンを焼いていこうとおもったのである

漏刻

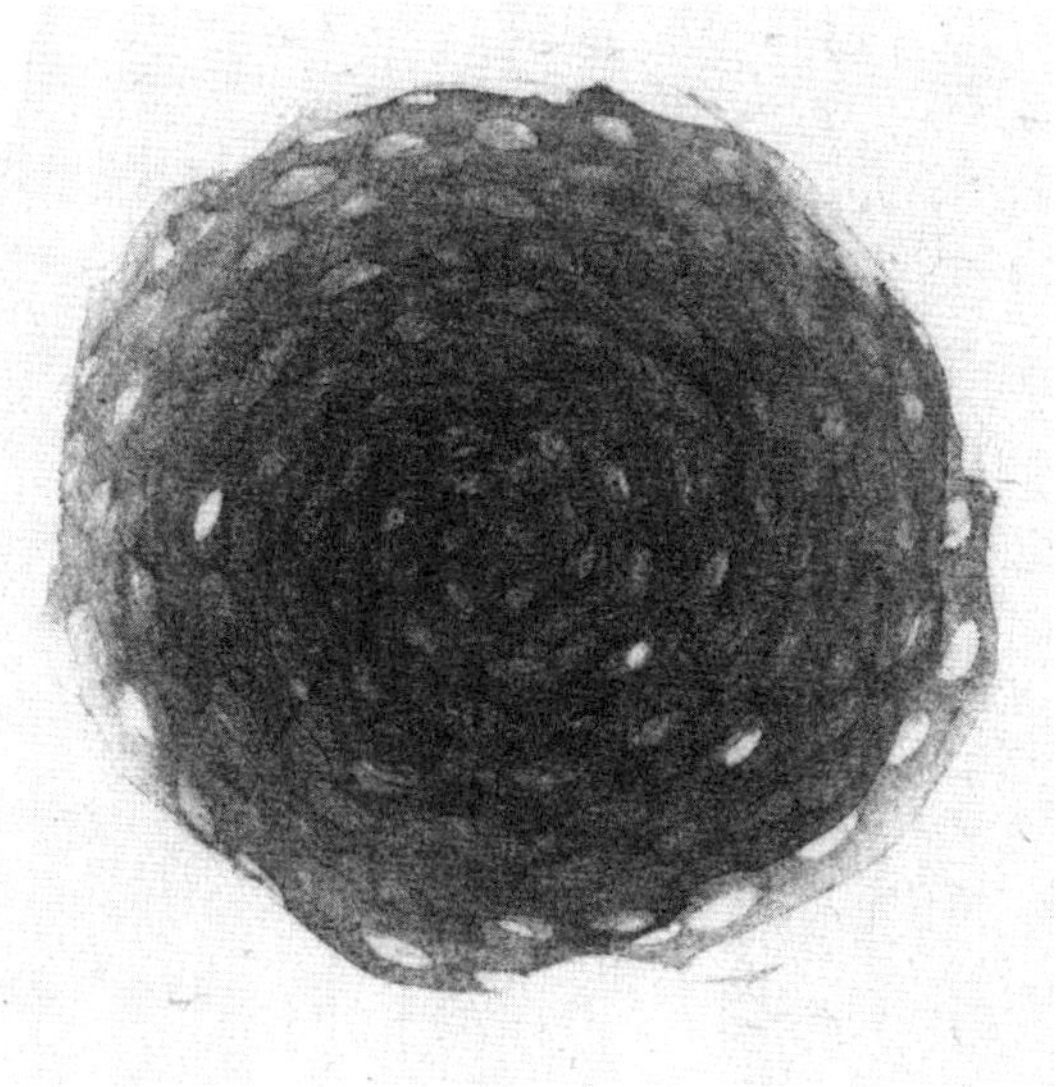

し・つづら じゅんじ

え・うだがわしんぶん

一九六〇年ともなると、
鉄道はどこでも無断でつながるようになってきた。

踏み切りのまんなかで生活はなりたつか。ある日、踏み切り番のおじいさんは死んでいた。梅干しかあたえないんだもの。なんにち生きられるか。なんにち生きられるか。両岸で犬の声が呼びあっていた。

しかるに、東部で起っていることがどこにでも発生するとおもうのはいかがなものか。鉄道の通っていないさびしいところは、たくさんある。ここだけのはなし。たとえば、足立区はどうか。

飲んだくれの保安官も、酒場の女も出てこない。まんなかでなんにち生きられるか。そういうくらしをここでは東部劇と名づけよう。

おい、棺桶屋。この町はどうかしてるぜ。どうしてあんなに大量のわたしが並んで黒人のうたをうたっていたのか。

まんなかでなりたつ生活。そういうものはめったにない。子どもなんか生まなきゃよかったのにね。それを遮断するのがおまえの仕事だろ。東部劇では、いつもいいところでおじいさんが死んでしまう。となりの中国人も、狂四郎も。

そのかなしい円がおわるまで
わたしたちは
ずっと立っていられない
まるく
ひかるものにはとてもよわいから
とてもちいさい国民だから

でもそれは、どんな祖国だってそうなのである。「おとうさんは、アメリカ人だってそうだとおもうな」。

青年期はほこりっぽい、一九八八年としての福州路。

会いたくなった
　夕方
魯迅がむこうからやってきて
　(筆がとまらないぞ)
どういうわけか怒っている
　やい
こどもをすくえ
黄浦江公園ではこどものこじきにすそをひかれた
　日本より
指がいっぽん多いんですよ
どうつたえていいのか思いつかない
棒もいっぽん多い
　あんた

それじゃあ日本だよ
かたっぱしからひとの骨をたたきおる
これでもわたしは鬼なので
ひとの
(鳥だったかもしれない)
にのうでのふくらみからがつがつ食っていくのである
地球ぼうえい軍の
田崎潤がきんぷんショーをやったところだ

鳥はうめえ
この色つやといったらないぜ
四馬路の
にんげんにゃ
とべない抑揚のはねがある

にかいめの事変のまえ
いまではなにもかもが変になってしまった
偏
でしょう
にんべんがきへんになって
てあしの指がどんどん少なくなった
ことばは
骨だけ
みたいになったが
かわりに黄砂のように膿みひろがっていくことであろう
おんなを
（鳥だったかもしれない）
うっている店のとなりがふるほんや
科学の本と
やまぐちももえの絵本を買う
それから

すこし遠いが
三角地菜場までいっぽん足であるいていった
にほんじん
も売られていた
きいろくなってかわいそうだったな
なんにちもわたしは三角屋根の飯店でねとまりした
青年期のすいみんは
どこにすててきたってかまわない
（変なのですから）
やい　にほんじん
こどもをすくえ
重点校にいかれないほうのこどもだ
たのむ
みんなに版画をおしえてやってくれ
なにかというとわたしのまえに魯迅があらわれた
（雄こんのこんってきみは書けますか）

きみたちはならんでいる　はてしなく
でも年をとったりごはんをたべたりしない
（制服だから）
死んでもいないし　生きてもいない
（服だから）
上からにばんめの骨がはずれて
みんな照れわらい

亀戸天神で人が、一九七二年をおがんでいる。

ゆめで、なんかいもでてくる太鼓橋のこと。これはつまり国民のおちんちんのかわりに違いないのだが、今はそれを難詰するところではない。よくおがんだよな。戦争中のこと。文脈がどうもちがう。にょろにょろしているのである。くずもち、くいてえなあ。父である光雄くんのせいせきは、あまりかんばしくない。ないしょだが、この戦争とおなじである。くずもちみたいになって死んでいる。そういうひとをみるのはまだすこしあと。そろそろ亀がでてくるころだ。しずかにめざめないと、ゆめに終戦日がきてしまう。でも寝ながら、くずもち、くいてえなあ、とまだぐずぐず推敲している。まあ、一途におがめば勝てるというものでもない。

月は論ずるにたりない、
少なくとも一九六九年までは。

じんるいのいっぽ
わらわせるぜ
三月にはおおゆきがふった
（おっと）
ころんでしまった地球上のおやじがかくじつにいる
それから
まいったなあ
と変身して
月面にしらないひとがぶかっこうにたつのをみた
一九六九年はなぜかあおくなる
なかむらくん
応答せよ
給食のあぶらみにきょうもまた

げろがでそうになった
いや、そうではないほんとうはでたのだ
しょくん
きみたちのみらいはざんねんだがおそろしくくらい
(おおきないっぽ)
川のむこうには
だいがくせいという
めがねをかけたおこりっぽい河童がいる
あきらめずにたくさんべんきょうするんだよ
やがて差別がおわり
石油はなくなる
月給もない
そのときき みはあの石のように冷静でいられますか
(いいや)
おれはあばれるとおもうな
げろ

こちら月です
ここからみるきみんちの町はさいていです
きこえますか
泣いたってだめです

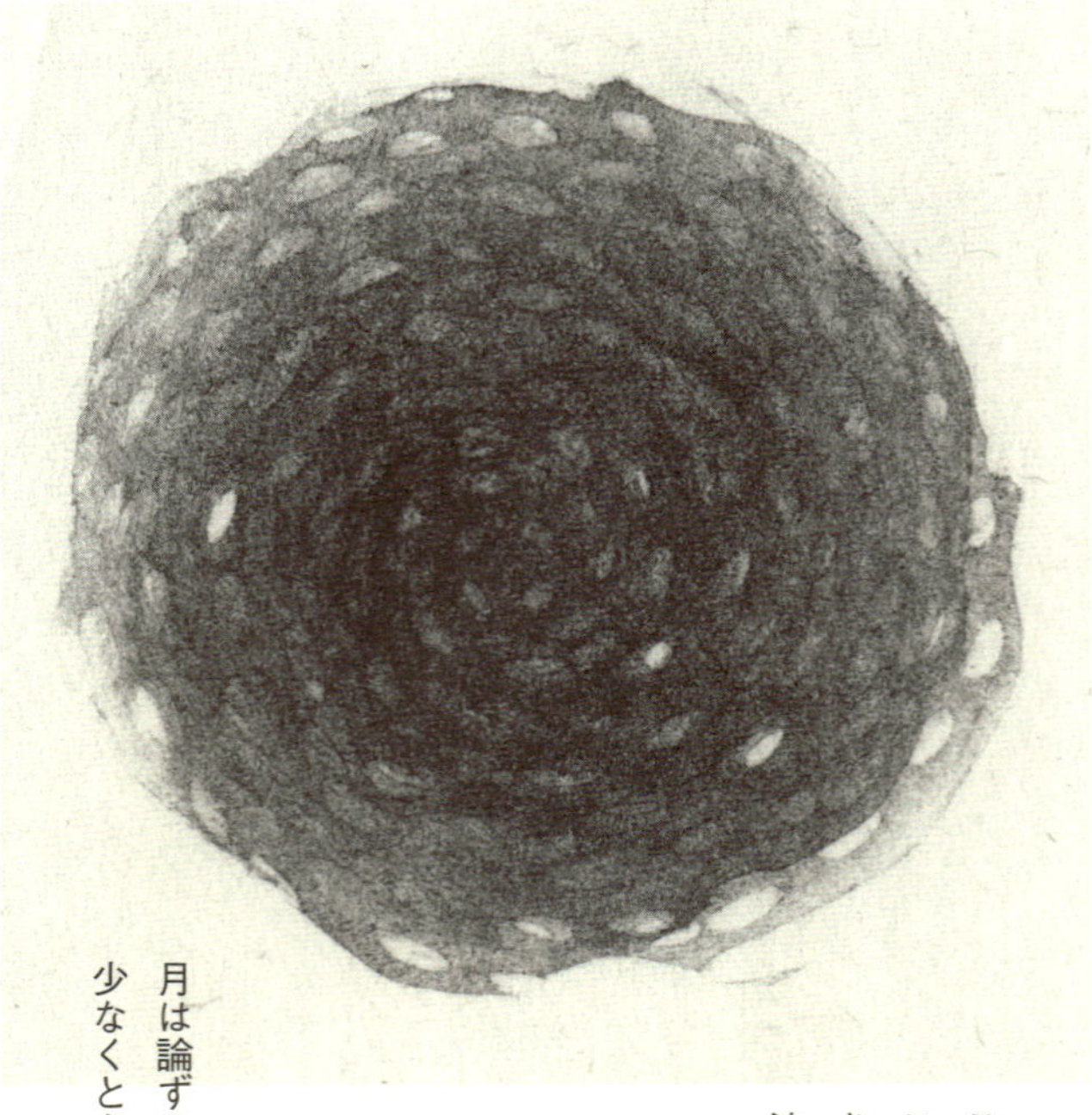

月は論ずるにたりない、
少なくとも一九六九年までは。

げろ
全校生徒のみなさん
なかむらくんが着陸してはいていいます
とうとうきた
なかむらくんの
にんじん入りのおおきないっぽだ
おれはその湖面のけがれのなかをあるいてきた
一九六九年
くいものにあたったくらいで
なかむらくんちは
一家そろってひとさわがせなんだよ

景気はさっぱりだ。

一九九二年、わたくしの下はんぶんが修正されました。爆発は、ほどほどにしておこう。その年、とても長い挿入句のようなおとこの子がうまれた、うんこといっしょに。(これは妻が語ったこと)。けっこんしたらみんなかたまりになるとおもったが、そうではない。いくらなんでもよその手足のくべつはちゃんとつきます。せまいうちで、わたくしたちは超現実主義宣言をした。(てまえみそ)。みんなでたらめさ。

ところで、
一九八〇年の台所は。

そこのないものがすきだ
(とかいたことがある)
それもうそ
金属バットでたたかれた父がいた
遠のいていく意識というものをぼくはしんじない
光州ってどこですかおやをころすんですか

こんがらがったことばと野菜の屑で台所のうらをみがく。「台所にて」という詩を書いて雑誌に投稿した。「にて」というのがそもそもうぞ。だいいち、うちの台所は燃えてしまったではないか。隣の中国人のところから火がでた。といっても、二十数年後だけれど。

はしゃいで
野菜をほうりこむと
闇もそのぶん深くなる
(そのころは)
闇ということばもへいきでつかえたのだ
でもそれじゃあ
まるでいぬじにではないかとわたしはおもった
そこのないもの
や
台所
なんてなんだかあやしい
うしろから

金属バット（とか）でたたいちゃおうか
ひきょうもの
一九八〇年のなんてすばらしいことばのひびき

褪せる時のなか　　金時鐘

そこにはいつも私がいないのである。
おっても差しつかえないほどに
ぐるりは私をくるんで平静である。
ことはきまって私のいない間の出来事としておこり
私は私であるべき時をやたらとやりすごしてばかりいるのである。
だれかがたぶらかすってことでもない。

…………

だれかがたぶらかすってことでもない

『光州詩片』をよむわたしはまったくへいせいのわたしで
しらなかったしらなかったしらなかった
青少年の
そういう生活態度がきにいらないのである
（言われてしまった）
ぼくのいない間に父は
これでもかというほどたたかれた
（それがつまり今のわたしということ）
では確認です
台所で
折れ曲がってたおれているあの人はだれ
しらないおじさんだよ
少しくずれているがかろうじて自由という字になっている
でも
ぐうぜんだろ

そうだ、わたしは二〇〇八年とともに。

照らされているじかんがこそばゆい
春だから
青いところに
毛がはえるのをみていた
そのいっぽんいっぽんがわたしを見つめている
おい
おしんこをもってこい
照らされているものたちのかなしみ
とはいわない
ここは
だれもおりてこないいちねんめの駅だ
要するにあしたできることはきょうやらない
でも
生き死にだからそうもいかねえだろう

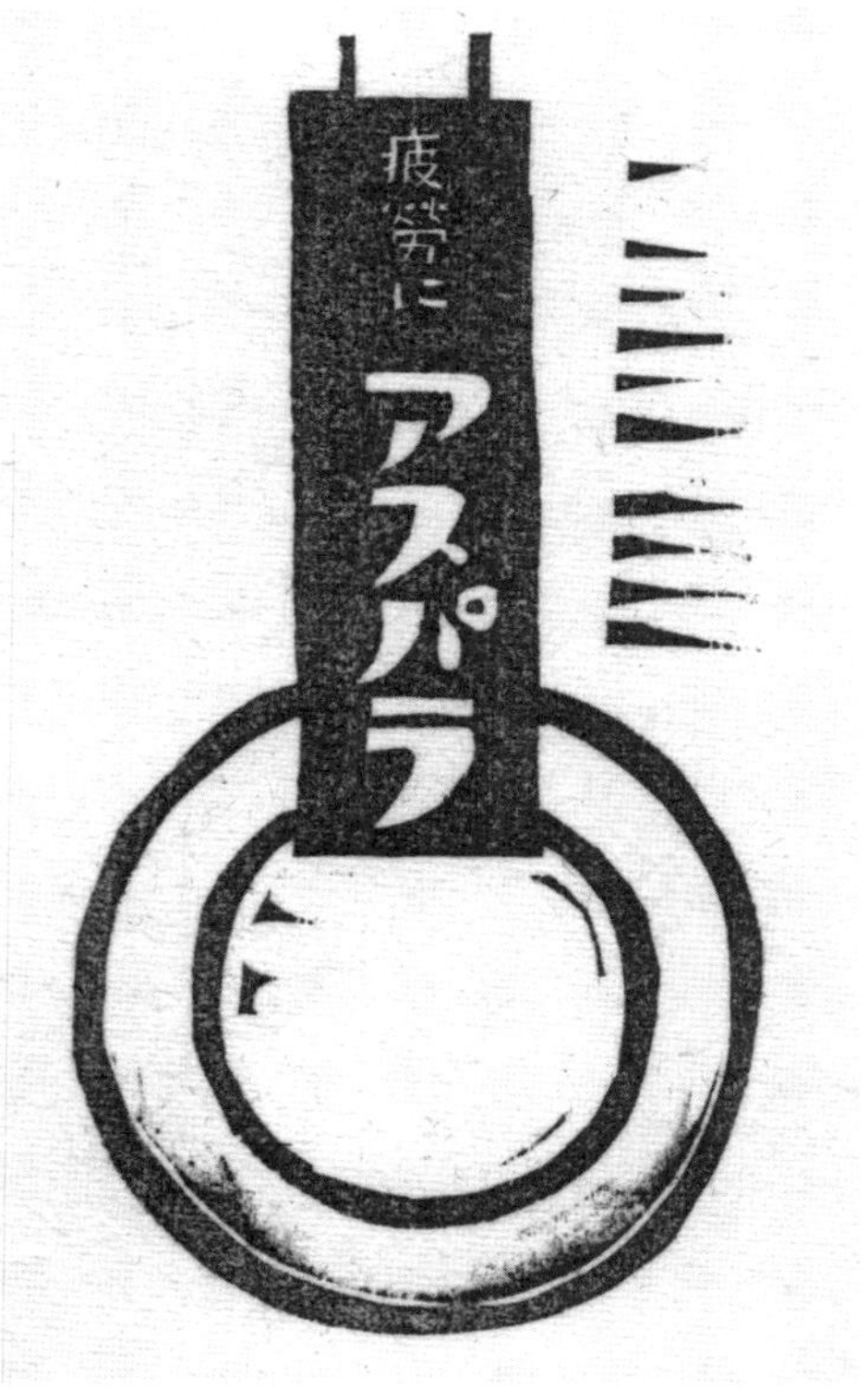

ぶらさがるものはずっと上からやってきて
　　　地面についてしまった
　　　　　ありゃりゃ
ぶらさがるひとはもっと下にいるんだよ
そう、きみのすりむけた膝小僧のあたり

つり革って
こんなにいい匂いがしたかねえ
青い青い　と
せけんの年号をあつめながら
だんだんとまんなかのありさまがかわっていく
毛だらけである
茶をぶっかけてめしをくいつづけた
きゅうたろうや
とだれかがわたしを呼ぶ
きゅうたろうや　しゅうてんだよ
遮断しなさいね
返事もせずに
わたしはそのひとのうしろに立っていた
アメリカでは
まあいいか
というかんじで　てかてかの大統領が誕生した

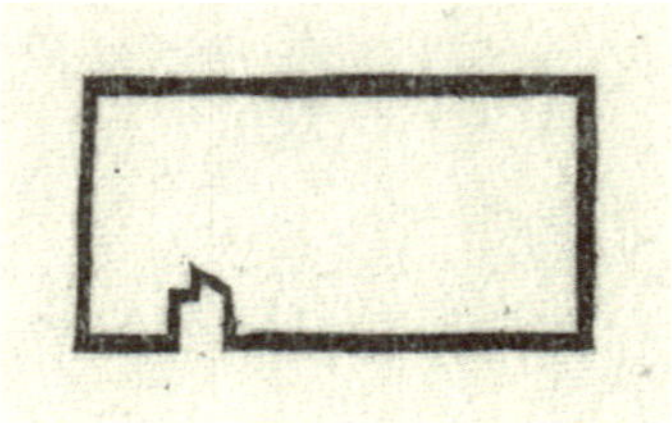

化車

劣化鉄道

【大森がみえてきた】

わたしはもう人としてかたむいているか
それを
酔ってはかるものがない
(すわらないくびどものかなしみ)
帝国の一員になって
ぐんかんちょうせんはわい
はわいちょうせんぐんかん
とこうふんしている
すがめでようやくここまできたものだ

憂うべきことなのかどうか
あいさつみたいにはかるものがない
(海岸はこわいところ)
かたむいてしまうと
すぐに水はあつまってわたしの血を駆逐する
放縦卑劣
は　にほんじん　おまえらのことである
(陳天華くんはさけんだ)
海が
おくれて見えてくる
身をなげるほどのほら　あれ
なんて
二十一世紀の人としてならいくらでもうたえる
(きみの留学はしっぱいした)
人がうめられていることを
号泣するでもない

そこはみんな仲よくかたむいて過ぎていく

【さあ、劣化のことについて話そう】

のびつづけることについてきみはどうおもう
鉄になってから　きかれてしまった
町までとどいていないのに　線路がおわって
わたしたちはおなじ方向にならんで寝ていた
こうしていると　野戦病院みたいだね
ぞろぞろ　しろいかたまりが腹のうえを通る
のびつづけて　つよいてんもまるもない
（なかせる節まわしじゃねえか）
鉄になったって何ひとつ　いいことはなかった
このふるくなった平野についてきみはどうおもう

【弘明寺、を過ぎたら手をあげて】

のがれられない
おそろしいぐみょうじの溝をぐいっと抜けていく
てつどうに身を
なげてしまった人
わたしたちはそのうえを生きている
片手で
現象学のくやしさを読む
（という人だったかもしれない）
ごつん
という骨格の音がして
（やだあ）
となりの車内へにげていく夢がはじまる
その人はこっちを見ていた
まぐろ

というのである
古語ではしび
草葉のかげでわたしは吐いてしまった
しょうゆのような
こい現象のおしっこをたらして

【のりかえだよ】

焼け残ってうすくひろがっていた
(いろんな硬さのわたしがあるもんだ)
へりにいた人はしゃがんでしまった
(何ものぞかなくたっていいではないか)
うすくひろがって　みんなでかこんだ
海までいくのはめんどうだから
片身はここでのりかえよう

焼けたばかりのころはもっとりっぱだった
呼んでも答えずに　骨にそってはしっていた

【平沼にも駅があった】

そこからしかのりおりできない人がいる
階段がどこにも
つながっていないのである
まだ駅になっていない
ほんの幼虫
だから鳴くよりほかない
もえるかもえぬか
人がびっしりと立ってよごれた前をかくしている
それはことばのあやだよ
むりにそこでのりおりしなくてもよい

階段は
うまれてからずっと
じぶんとじぶんの差ばかりかぞえていた
(しょうがないよ)
(せんそうだったんだから)

【石のみちをとおる、とき】

石になりたくて横転してみた
でも死んだ男なんぞにこの塩はふくませない
声を立てながらかわいていく
人体にはもうみちがない
おれの塩はふえつづけるばかりなのである
(石が石の不安からぬけでるとき)
ふとんを干しているおばさんはミューズですか

電極がたりないのは他界のほうさ
塩をふくんで泣いてるやつら
ころがりながら　これじゃあまるで鮭だとおもう

【神武寺をさがしていた】

省略されている
（きもちがいいな）
消されているわけではないのです
こえる
ということを
わたしたちは否定しない
でも
下にいるものの身にもなってほしいのです
（これがまた）

あまくてなんともいえぬ
朝の
すてられ方
どこにいっても
チーズの匂いがする浄土
省略されたところもきちんと焼かれているのです
今となっては
小鼻すらみつからないけれど

【もう目をあけているひつようはない】

疲れてだれもとどまるところをしらない
ばたばた落ちていくばかりなのである
そこから無地の空がみえている
（この風景のうそをだれかに伝えなきゃ）

つんのめって落ちていく人の話
(つまり落語なのさ)
べらべら　じぶんの夢の筋をしゃべっている
たのしかねえよ　最後は知ってるもの
落ちきった人たちは地面になってもわらっていた

【そこからが六郷だという人もいる】

おかあさん
(といっても　だれの親だかわからない)
線路をあるいています
土手だ
言語のうえでは
みんな疎開をしているわけなのです
おかあさん

草を刈ってるおやじによびかけている
世の中はどこだって
川崎だね
窓がうごいている
こちらをながめている人たちもそうだ
どこにいくのか
おかあさん
といっても
だれの親だかわからない
車内ではみんながたがいをそう呼んだ

【みんな、これが品川だよ】

高くなっていくものに興味はない
(といいたいところ)

海の端
にいるわたしを
みたらすみやかに投げすててほしい
魚としてはまだ若い
(八時まで検査なんだよ)
母親は
ぶんれつしてしまった　すごいはやさだ
なんだか枕が高くてさ
足があるだけでも
かんしゃしなくちゃね
踏み切りを左へいそいでいく
その海にはもうだれもはいれない
(そこは)
ふつうの道じゃないよ
次々と魚になってかさなっていく
(前世は)

（良性だっていったのにねえ）
陳天華くんもながれてきた
いろいろあったが
まあいっしょに下車しようではないか
ふしぎなことに
品川では生きているもののほうがむくちで
青いまま
沖に浮き沈みしている

草濠

【工事中】

ぜんしんがもうにほんごのいうことをきかない
　おれのしたことのどこがわるい
　　せむし
　であることをかくさない
　　ご近所に
とりかこまれてなぐるけるのくらしぶり
　そうかわからなけりゃ
からだでおぼえさせてやる
　　お年寄りだから
酔ってなぐるほうもすごくかなしい

おやじのいうことはおれには難解でわからねえ
　　　　　　　　　　　　一九七八年
　　　　　　　　　わたしは深夜に
泣いてたたかれるわかい生命体をみた
　　　　　　　　　　　　　おれ
がなにをしたっていうんだ
　　　　　　　　（やい）
まだわからねえのか
　　　　　　　　道路
をつくるおそろしさのことだ
なまはんかなきもちでつくったおまえの道路のことだ
　　　　はねられたあとで
　　　　酒をのんでいた
死んでわたしの近所にすんでいたひと
　　　　　　　暗くて
名まえもわからない

　　　　　　　けいさつにれんらくする必要なんてない
　　　　　　　　　　　　　　　　　　　　　　あれはね
市民のみんなでこんじょうをたたき直しているところ
　　　　　　　　　　　　　　　　　　ただの盆おどりだよ
　　　　　　　　　　　　　　　　　　　　　　こんじょうは
　　　　　　　　　　　　　　　　　　　　　　　　　　青くて
　　　　　　　　　　　　　ふるい犬のにおいがする
　　　　　　　みんな南方からきたのら犬なのである
　　　　　　　　　　　　　　　　　　　　　　　　　　中には
　　　　　　　　　　　　　　　　　　　　　ちょうせんで
　　　　　　　　　障子張りをしていたひともいる
　　　　　　　　　　　　　　　　　　　　　　　　　　つまり
　　　　　　　　　　　　　　　　　　　　　つまのおじいさん
　　　　　　　　　　　　　　　　　　　　（いや、話を）
　　　　　　　　　　　　　　　　　　　かえてしまうまえに
死んだあのにいさんの身もとのことをかんがえたい

ほんとうにどこの馬の骨だか
（というように）
骨
になっちゃってひとかどうかもわかりゃしない
びーとだよ
書体ももたずにふらふらと
まいにち
おやぶんといっしょに
道路
をつくりにいった
（頭蓋がいっぱい乗っていて）
トラックはまるで遣唐使の船みたいだった
どうせ
ひっくりかえって帰っちゃこない
かれらのしたことはもはやだれにもわからない
やい

ほんとうにわからねえか
夜
あらゆる店のシャッターを鳴らして
犬のたましいが
なんどもなんどもこの世にぶつかってくるのである
とても
感情的に

【立って呑むヤング】

わかいのに
その道を
流れにあてられて地面になってしまった
とまらない饒舌のようにだれかがやってきた
日々のかたまりとして

おれ
おれ
おれ
があった
速度はあがっていたが　なまはんかであった
まだ
刺青もいれきっていない
(やい！)
ことばなんてどうせ何語であってもつかえやしない
道路に
ころされたようなもんだ
そこのきみ、じぶんのくだらなさを英訳してごらんなさい
香典につつむのはいくらですか
ジョン
あれは月桂冠です
二合ください

ふろやの帰りに熊田屋で立って呑むひと
　　ねんぶつとなえて
いつもめしにきなこをかけるのだ
　　（いや、話を）
かえてしまってはいけない
こんじょうを青々とほりこんでいたにいさんのこと
　　を
ちゃんと思い出しておこう
それは新聞には書かれていない
　　大衆でも
　　ヤングでもない
　　（死語）
　　器物
もういっぺんいってみろ
　　たたきわられて
だいすきな酒がだいなしになった

だから
しらぬ間にへんな字体にかわってあばれているのだ
へのへのもへじの
はんらん
（ちょっともじ化けしてるけどな）

【数の起源】

ふたりはいたぞ
おれは二回死んだからわからない
じぶんはろくにんくらいいたとおもいます
でも
そんな南方の洞穴に
わが国のきちょうな道路をとおすことはできない
紐

でもおいておきなさい
南北か
東西
えらべる方法はあまりない
あの長屋では
暗がりで戦後詩というものをよんでるやつがいるらしい
どうせ
まずい煮凝りみたいなもんだろ
もっと
だいじな交通とかのことをかんがえなきゃ
灯明をたてて
こっち
こっち
まよっているひとたちをよびもどす
まじめだねえ
じぶんはろくにんくらいいたとおもいます

（数はだいじだよ）
がちがち
顎の音をたててかぞえる
中世では
高い音はとてもきらわれた
鐘のひびきがとどくはんいにわれわれはいる
そう
いうことにしておきたい
首長はいった
この線からでないでね
顔写真がないひとはここを出てはだめ
なまはんかに
道路をつくるひとはだいたい首がないだろ
でも
きりんと木を分節しない思考というのはある
そもそも

もそもそと
うごくもの
それを呼びこんだのがまちがいのはじまり
それにしても
はたらかねえやろうだな
じぶんはろくにんくらいいたとおもいます
首長は嘆く
東西だけでも
紐
でつなげておけばよかった
もう、高い音がどこへもいかないように
せいかくに
数えられることもなく
あのとき
(ぜんいん)
もそもそと

うごくものにやられてしまったのだ

【スピッツ】

月にほえる
というのでもないが
きゃんきゃん
あのころの犬はみんなこうだったろうと
（　）のなかに入れてみる
しんぶん配達の少年は美しいおしりをかじられた
毛唐の
こねくりまわした神話はいらないよ
うちには訃報欄があればいい
こうたろう
スグカエレ

生きて帰ってきてくれ
　事実のかわりに
砂肝を届けてきてあげよう
十歳までは犬か熊かもわからないのだから
　柵をこえて
かんたんに神話へはいってゆける
生きても死んでもいない語りべとして
きみたちはただよっていける
　ぎゃあ
でもやっぱり咬まれてしまった
　月の下だからといって
古代の人がかんがえたようにはうまくいかない
　この世でも
　あの世でも
やつらがほえていることにかわりはない
なまじっか空白をつくったのがまずかった

ひとが
ひとのおしりへ
咬まれてつたわっていく
それ以外になにもおこらない
（　）がかぞえきれないくらいにふえてしまう
むしゃくしゃしていた
かっとなった
それから
魔がさした
配達がまにあわないので少年は
べそをかいている
だれがすきこのんでこんなことしてるか
遊びたい
きゃんきゃん
やたらに咬みついて
ふふふ

これでとうとうおまえもわれわれの仲間である
　ひとつしかないこころ（たぶん）が
　　　かわってしまう
　　もうもとにもどらない
　　　つぎの月がでるまで
　　　　せいぜい
なにかのためにはたらいているがいい
　　　　　この
　　　ぬすっと犬め
ひとつしかないこころ（たぶん）なんか
　　　　もってけ
　　　しんぶん屋ぁ
　　こんげつの新聞代だ
おれの財産をもってけどろぼう
　　　（ちがいます）
ぼくはどろぼうでもAでもありません

ひときわ高く
夕刊を鳴らした
みえない青竜刀をひきぬいて
各戸
のひとつしかないこころ（たぶん）を切り落としていく
にっぽんのしんぶんには
われわれのことがちっとも書いていないのだと
弁髪を
ふりまわす
おれを豚のしっぽ
といった日帝のやつらは確実にぶった斬ってやる
（でも明治のひとは）
斬るまでもなく
だいたいみんな死んでるんですよ

【借家論】

にほんごでは読んであげられないから
　　　つまり
　　となりの中国のひとの名は
この時空の下駄箱のなかにはいなかったことになる
（どういう理屈だろう）
　　奥さんがかわりに
　すべてのことばを代筆した
なにを書かれていたのかわからない
　　こわいお父さん
（だろ？）
　　いわれてみればそうだ
時代のなかにいなかったひとはみんなこわい
　くらい階段の下をおぼえています
　　　　あきらめて

そこで
生きていくのである
という　あそびかたをした
そのとなりの子とわたしで
世界の容量はふたつにわけられた
（だろ？）
たぶんはんぶんくらいは死んでいる町のこと
を
ここではかっこうつけて語っています
その子の
お父さんの中国
もはんぶんくらいに縮んでいることだろう
けんかして置き去りにすると
そのはんぶんの容量として
かれは満身でおこった
わたしたちのいたことをおぼえているか

死んでしまうと
なんどもおんなじ日々をくりかえすしかなくなる
びんぼうひまなし
のこりのはんぶんに声をかけても
詩
じゃあるまいし
まったく相手にされない
いまでは
階段の下ごと世界の容量は駐車場になってしまった
いちじかん
ごひゃくえん
いるだけでお金をとられてしまうんだよ
うちの子は
はるかな外にいってしまった
訪ねていくと
わたしはそこでまた死んで待たねばならなかった

この時空の下駄箱のなかにいないひと
（というけれど）
それはどっちだろう
こころのないものは容量としてわからない

【自転車売り】

もうひとりのわたしが自転車をうっている
じてんしゃは
いらんかえ
その背中のまるまりようはどうだ
暗喩としてはまったくもっていぶし銀
びんぼうくさいというひとには
いっしょう
この世のしくみのことがわからねえだろう

そういえば子どものころ
おやじと
タンデム（ふたり乗り自転車）にのったことがある
まだ
（ふたりとも生きていたころ）
みよ町の衆愚ども
王はいつだってふたりいる
じてんしゃは
いらんかえ
ふたりで背中をまるめておっとっと
きみたちをこの車輪でとむらっていく
ごらん
なんというううすっぺらいひとたちなんだ
うらの
肉屋のとんかつみたいではないか
以上二行は削除

じてんしゃ売りのりょうぶんをこえている
佐藤の肉屋さんはおまえ
おきゃくさまだよ
それにもうひとりのわたしなどというが
そいつは
まぎれもない
この世のしくみのわからぬおまえだよおまえ
なんなら
(紙に書いておこうか)
わたし
てどういう字だっけ字引きをもってきて
わたし
わたし
ふたりならべてなんべんも轢いちゃおう
でなけりゃ佐藤さんにすまない
じてんしゃは

いらんかえ
だれが買うかこんな化け物
ふたりずつ愚かなものどもは消えていく
死んだ
なんてことばはもったいぶってる
なんにも
のこらねえ
あのおきゃくさまたちはどこの町内だったか
やかましいったらありゃしない
じてんしゃは
いらんかえ
(まったくねむれやしない)
もう夜おそいので王さまはどうぞかえってください
だれが買うか
こんな化け物

【なまむぎ】

工場が
ただしく波型にじぶんをまっとうしていく
死と
はぐるまがどんどんできてきた
（うれしい）
そぼくなせかい征服のしかたになみだがでてしまう
頭のかたちを
みんなでとてもおおきくした日々
おばさんは
まだ若かったから
（そりゃおかしいだろう）
というくらいに頭のそとがわをせっせと製造していた
ならんで
工場をみていると

よわいものたちが集団になって消えていく
それが
どんなにふびんでなつかしいことかよくわかる
視界を
うすくしていくわけではない
はたらいてるねえ
どんどんひだる神にとりつかれていくねえ
(ひとごとだから)
へいわ
といっては
ふたりならんで写真をとったのだ
波型にうつな気分がつたわっていく
かもしれない記念に
(なまくびなまごめなまたまご)
うすわらいをしたのだ
その集住のガード下をくぐってごらん

でんげん　おん
わたしたちはもそもそうごく
若かったから
下馬しないやつらは製品としてゆるせなかった
死と
はぐるまがどんどんできてきた
それらが
さいごにいったいどう組まれていくのか
冷蔵庫
箱入り詩集
でんたく
(つまりですね)
にせもので
ことばにならないものならなんでもいい
おばさんと
ならんで

へいわ
といったまま百いくつかの眼をとじた
百いくつかのめがねが
百
いくつかの出っ歯で
百
いく
つかのカメラをのぞいていた
なまくび
なまごめなまたまご
そのぬるぬるの道路をやってきたリチャードソン
はやい話が
きみはどうみたって不良外人なのである
ぶれいものだなあ
ぶった斬っちゃおうか
波型にわたしたちの詩の国をまっとうしていく

（ちぇすとう）
もじどおり
そのまま読んでしまうひとたちが
どんどんでてきた
にっぽん
ちゃちゃちゃ
なまむぎ
ちゃちゃちゃ
現代詩
ちゃちゃちゃ
なんということでしょう
すごいです
みなさん
増産につぐ増産です
若いころのおばさんがなみだながらに改造されていく
その

そぼくな工場の死とやさしさしか
（もちろん偽善）
わたしたちはうけいれないしのぞまない

やちまた

下から
ずいっと出てきて失礼しますごめんさない
やちまた
のはてに立つじぶんら
ぶきようですから
だいきらいなやつらのなまえをひとりのこらず呼ぶ
あだちくん
あなたはところばらいです
出ていってください

「いなりや」は質屋です。その横をいくと、たましいが抜ける。と

いうのはうわさ。たましいなんて、ない、ときみはいうけれど、
朝、台所で顔をあらっているすぐ横で、えへん、と咳をするあれ。

あれがそうだよ
うつくしく交換されてしまったものたちは
もうかえってこない
（そこにはよわい川があるのさ）
かわいそうだが
あだちくんたちは流れてもらおう
しかたない
下から出てくるとおもしろくねえことばかりだ
でんちゅう　と
でんちゅう
の差異にかくれてみる
だれにもみつからないという信仰
きりしたんですね
その

写真の長嶋茂雄をふんでごらんなさい
わたしは毛沢東だってふめる
といっていたのはクリーニング屋のおやじであった
下から
どうやってふむのだろう
おとうさん
死んでないで写真の目をさましてくださ い
いっぽう
でんちゅう　と
でんちゅう
の差異に

てっぽうをうっていたのはすなやまくんであった。すなやまくんはふとっていた。相撲部屋で生存するのがゆめであった。夜になると、体操着をきてすなやまくんはてっぽうをした。そこにすなやまくんの時間が、ぎょうしゅくされている。中学生だから、「ぎょうしゅく」ということばに酔った。てっぽうのぺたぺたという音が、すなやまくんをべろべろに酔わせる。吐くならべんじょでしてくれ。うちはせいけつが売り物なんだよ。

そつぎょうすると
どこにもいけないがっこうの路地があるのか
(紳士の酒場)
それはあとから
呼びだされた
差異のやちまたにすぎない
下からきんたまつかんでごめんなさい
すなやまくん
それはりっぱな反則である
勝つためになんでもやるひとは
ここから出ていってください
そうして
やちまたは消えた
わたしたちのやちまたにはきれいな電気がない

ではここでもんだいです
ゼロメートル地帯
を
みなさんはしっていますか
シッテイマス
おじいさんがあつまって軍歌をうたっているところです
こら　こどもたち
きみら中小のものどもよ
たのしいからって
ひとんちの倉庫をにらいかないとまちがえてしまってはだめ
（ここに）
ここにつどっているのは生き物ですか
はたして
どこが生き物でしょうか

シラネエヨ
そういう態度はちがうでしょう
わたしたちにはつまり高さがあたえられていないということ
この広がり
は腐りかたがちょうどよいので評価できます
おとうさんや
おかあさんはどうせみんなとつぜん死んでしまいます
（エ、ソウナノ？）
メートルではかってみればすぐわかる
あなたたちもやがて
死ぬだけのおとうさん
死ぬだけのおかあさんになりさがるのです
とすこしつよい口調
（それよりすこし手前で死ぬひともいますけど）
つまり
海と

きみら中小の肩がならぶということ
　生きたまま
　海ゆかば
整然としてゆらいでいるものがどこにもなくなること
　ねじ
　としてのたましいは
まわりながら沈下していくので地球にやさしいのです
　ゼロメートル地帯では
　（そらみたことか）

けれども、このののぼり具合はどうだ。天へとつづくかのような、味のある超越のしかた。区をまたぐきもちというのは、いいもんだ。おのれがとろけそうで、こころのなかの米英のひとつやふたつ、桶に沈めてやってもよい、という気になるな。お弁当をわすれずにもっていこう。死なないと乗れない都バスもある。燃料店のとなりから乗るあれだね。
　つぎは

といって喉仏がとまってしまった
スモッグがでたのだ
わたしたちはていねいに解体される　というときの
わたしたちはだれですか
なんて
豚や牛がもっともらしくいうわけはありません
ひくいなあ
きみらがみえない
きみら中小のものどもは
まだ血だらけのじぶん自身になっていないからだ
血がついていればそれだけでひとを恐喝できるのだ
つば
をつけておけばいつのまにか直ってしまう
ていどのひくい
にほんごの家畜の類なのです
（一方的に）

イトーヨーカ堂のうらをまわって
まぎれていく都バスを
わたしは類だからずっと見ていた
区の
空をまたいでかえってこないひとたち
のことはかんがえない
ゼロメートル
エ、ソウナノ？

はわたしたちのありえない郷土だから、いいですかみなさん、すこしも汚れたりはしないのです。干したタオルのようなものです。ぱたぱたとPの音をたてているのです。むかしはFでしたけどね。

さあうたをうたおう
奇怪なかけごえがきこえてきた
東武線が住民たちのむいしきにはいりこんで

ごう
ごう
と境界をひろげていく
おたがい、なんというか知見がひろがっていきますなあ
つまり
成仏できる場所と
そうでない場所のあいだ
なんて
ひとがいうほど鮮明でもないし
味わいがあるものでもない
駄菓子の問屋があったりするようなそういうところ
まるでシベリヤですよ
針一本あるだけでこころづよい
知見
がますますひろがっていきますなあ
えんや

とっと
えんや
とっと
あらためて親戚一同にお知らせ
奇怪なふうけいが眼前にあらわれてきますが
気にしない気にしない
あれは
うちのおばあさんのうたごえです
さあおまえもアメリカの少年の奇怪なうたをうたいなさい
もしも
きみが北の国に旅したなら
おもたい風が国境にはふくだろうが
おもいだしておくれ
わたしはかつてそこに住んだことがある
針一本で
ひとびとの切れたあたまを縫いあわせた

おもいだしておくれ
　東武線が
　とおるたび
わたしたちは縫いあわされた
　みぎとひだり
　足と鎖骨
くるしさをかたちをにするとこんな感じ
　まるくなろう
親族はわたしたちだけではないか
　奇怪なまるをかいてやろう

仕事がなくてな。駄菓子のおろしをはじめたのが、そのままになった。

これは父のおにいさん

おじさん、ぼくはいま中上健次の『岬』を読んでいます。かんどうしてるんです。芥川賞です。ろうどうしながら、小説をかいていた人です。（そんなかんどうでほんとにいいのか）

　　　　　　　　　　　　　　　　　　　みんな
ろうどうしながらなにかをしているにはちがいないのだが
　　　　　　　　　　　　　　　それが何なのか
　　　　　　　　　　　　いっこうわからねえんだ
　　　ぎらぎらになってぶんがくのことを話す従兄弟が
　　　　　　　　　　　　　　　　　　　　　ごう
　　　　　　　　　　　　　　　　　　　　　ごう
　　　　　と咳こんでちがうものになろうとしている
　　　　　　　　　　どのような形状かはしらないが
　　　　　　　　　　　　　　　　　わたしどもは
　　　　　　　　　　　　　　つながっていますよ
　　　　　　　　　　　　　　　　　　　　　霊が
　　　　　　　　　　　　　とつぜんでる場所
　わたしが学生のころ雑誌でそう紹介されていた
　　　　　首をつったひとたちがでるのだ
　　　　　　　　　　　　めざしみたいに

奈良時代からいっぽんの棒でつらぬかれて
（それは言いすぎ）
じゃあぼくはアメリカのうたをうたいます
イフ・ユー・トラベル…
おお
じゅんちゃん見事だぞ
その奇怪さをおもうぞんぶんやってくれ
おじさんは不鮮明だからここでは納税者としていないのだ

えんや
とっと
えんや
とっと

三十歳をとうに過ぎたわたしは、そのときどういうわけか歴史の論文を読んでいた。『近代日本の軌跡9　都市と民衆』(吉川弘文館・一九九三年)。

「都市日常生活のなかの戦後

民衆にとっての人工妊娠中絶」。

書いた人は、中川清。おれはなかがわきよしだ、と論文はつよく主張しています。この人を流れている川を思う。それから、しろく濁っていくその先の流れを。

「以上の検討から、一九五〇年代の日本で経験された人工妊娠中絶は、三つの特徴をもっていたと考えられる。一つには、中絶が少数の例外的な経験ではなく、三〜四割を越える相当数の、調査の時期と対象を限れば、むしろ半数をも上回るマジョリティの経験であった。

当時の婦人雑誌が

「中絶の大衆化」に対して批判的なトーンで刻んだ、

「とうとうたる人工妊娠中絶の大流行」(『婦人公論』)、

「パーマネントでもかける気で」(『主婦の友』)

などの言葉は、
一九五五年ごろにおける中絶行為
の
広範な
流布
を物語ってあまりあるといえよう。」
それから
わたしはパーマネントでもかける気で
詩をかく
流しちゃえ
なんでもたくさん書いてしまうマジョリティなのであった
まぼろしの長男
は
にがりきってビールをのんでいる
おまえの順治という名はほんとは順二なのさ

二ばんめなんだよ
（おやそうですかあいすみません）
順治には反省のかけらも
純粋経験のかけらもない
わたしたちは複数であり多数である
なんて
パーマネントでもかける気で
つい言ってしまうのは二ばんめだからなのか
広範な
地盤沈下のことを
ものがたってあまりある
（もの）があまってしまってうろたえる

だが、そういうことはだれでも経験しているのである。仕様だからだ。いちひめにたろう。それでもやっぱり多い。あまりある語りかた、といえよう。それよりそろそろ排除のことを話し合おうではないか。わたしたちの洗濯はつづく。むしょうになつかしい

手法だが。あの頃はみんな汚れていた（今も）。それは朝の青空
だって例外ではなかった。

二ばんめ
だからおもいだせないのではない
沈下
しなかったところをみていると腹がたつ
おやそうですか
あいすみません
姿勢をやたらに低くすればいいってものでもない
広範な
ということの意味をはきちがえてはいけない
くりかえし
わたしたちは流れた
純粋というわけにはいかないがややそれにちかい経験
髪がぐちゃぐちゃで
おばさんのあたまだよそれは

といわれたぼくのパーマネント
十九のころだ
まぼろしの長男がうしろに立って
だから二ばんめにすべてはまかせられない、といった
おやそうですか
流されまいと最初の洗濯はなおもつづく

そこで　ちょうどよく水曜日がやってきたというわけだ
てれびが横になり縦になる
ぼくたちの意識のなかのとよのぼりははずかしい
(はだしだもんな)
おちているものをたべた
(これもはだしだよ)
とよのぼりが威嚇している
とよのぼりのむこうには荒れた土地がひろがる

なんてうそ
ぼくたちがそこで夜のごはんをたべているはずかしい
（はだしだもんな）
てれびが
みそだらけになって
死んだひとたちをうつしている
おでんをください
こんにゃくがいいです
はずかしいはずかしいはずかしい
会話はこえにしないでもよくきこえた
死ぬときはいっしょ
やっぱりまだ、はだしだ。どうしてだれも靴を買ってあげないのだろうか。あらまあ。腹がふくれてくるようすは、餓鬼そっくりの古典てきなふとりかた。みんな、
みごとなとよのぼり
手長足長になって

あたりのくうきをかきあつめる
きみのからだ、今日はとりわけ破裂して鳴るねえ
あたかも
うぐいすであるかのようだ
また一年がたった
ぼくたちもてれびもまた春をむかえたはずかしい
もひとつ
こんにゃくがいいです
(これもはだしだもんな)
列のおわりがみえていない
なんだかこのぶんたい、少しくさってきてませんか
(それはたまご)
あたってお腹がいたくなったら
とよのぼりにすまない
せっかく
てれびに味がしみてきたのに

いいおでんになったのに

うば車にりゅうたをのせて
わたしたちはそれでもがんばってさすらっていた
さすらいの東京湾
ひので桟橋を
(あのころはまだ家族として腐りきっていなかった)
これを半熟という
湾を右にみて
流れもの
妻はどんどんとお腹をおおきくした
石の
そだち方にわたしたちは深くおののいた
どうして
地図をもってこなかったの

えんや
とっと
えんや
とっと

思いだしたように拍をうったところでどうなるものでもない
　八方から語尾はやってくる
すくらんぶるなのか、いまは
　　　　　　　　　　わたし
たちは群集としてぶつかるほかない
　　　　(かっこいい)
どうしていくところを決めておかなかったの
　　　　　　　　　　だって
　　　　景気がよかったし
それから妻のおとうさんは死んでしまった

ふるい何かと交差した
かどうか
それはわたしたちの語るべきことではない
りゅうたのあとに
たいちがいて
それから何がつづくのか
そのときは流れものだったのでわからなかった
（かっこいい）
ぶんたい、というやつだ

（じかんのもんだい）
いなくなってほんとうのふうけいがやってくる
あんなにもたくさん
たちならんで交差していた煙突が
みえるものと
みえないものとにわかれていく

というほどはっきりしてるわけでもない
（なにをもやしているんだか）
（わかったもんじゃないな）
ずっとむこうのじかんをながめている
（いんすう）
（ぶんかい）
わたしはこの工場から
じゃらじゃら　もくてきもなくうまれた
にんげん
でないものにまじって生きてきたのである

という詩をかいたのは
妻のおとうさんが死んですこしたってからだ
墨東病院におとうさんをたずねたとき
もう
わたしたちの流れはとまっていた

三男のまさとがいて
これからはひとりずつ
わたしたちの部隊は
たへがたきをたへ
しのびがたきをしのび
解放にむけてうすまっていくばかりなのである
内地では
黒くとぶものが
イトーヨーカ堂の屋上へやってきて
かあと音をたてた
あれは
ちがう「わたし」になりそこねた何かかもしれない
（これもかっこいい？）
やちまた
といったって
そう何人も途上にたっているわけではない

くねって
くすぐったいおとうさんの部隊
おとうさんでないものもまじっているが
おとななんだから
隅をつついて責め立てるようなことはしない
夢につづいていく
煙草屋の角がそういくつもあるはずはない
かなしいが
それこそ
ぶんたい、というやつだ

ぺたぺた
すなやまくんのてっぽうがまた鳴っている
夜のすなやまくんはしつこい
このおれのてっぽうをうけてみろ

みなさん
こんなときに
廊下ですもうとるのはやめましょう
きみたちはどうしてそんなに国技にこだわるのですか
意思
を消すために
ぼくはいい年をしてすもうの詩をかいているんだ
すなやまくん
きみのほうこそ
このおれの夜のてっぽうをうけてみろ
すごいぞ
ぺたぺたしてるぞ
ひとりずもうのたびかさなるくやしさはずかしさ
あらゆるみちは
ぼろぼろの蔵前国技館へといたる
みるからにしつこい散文詩のことはだまっていよう

どこで終わらせていいのか
妻にきいてもこたえない
だって眠いし
人称がうるさくてしょうがない
(かせぎもすくないくせに)
うちのなかへ廊下をもちこまないでほしいのだ
すなやまくん
いいか、ここはひとんちなんだぞ
かんべんして
わたしに夜をかえしてほしい
それから
ごはんのおかわりももうやめてほしい懇願します

化車

夢の島にいた

ちがうものになるのだからしょうがない
くずれて
いくのではないからとあれほどいったのに
だれも
きいてくれない
大の字
になったことばかりをおぼえていた
さんがつとおか
ちがう

ものになったから
おなじかたちのところはあるけない
わかいときは
くるしいからみんなおんなじすがただった
おいこら
もう父ではないもの
さんざんいのったのにせんそうには負けた
十六歳だから
(どうでもよかった)
それからひどいやせかたをした

あるけなくなったので、わたしたちは車内にいた。左右を見ていた。曲がることにしかもう頭がはたらかない。南方にむかったりしていた。助からないのさ。ここそ話しあってどうする。車内はいつのまにか神さまでむんむんしていた。こいつらみんな無賃である。石炭で焼き殺してやれ。

その
眼だまにすむからすを撃ってしまいなさい

つまり
いらない影を
おもいきってすてること
羽がとれて
とてもものがなしいふりをしようとした
でもそれはむだ
(東京はあっちだよ)
線路を
あるいていく子どもがいます
母
ではない
ぐにゃぐにゃしたわたしのじかん

ぐんまの芋だ

あるけなくなってもものはくえる。たくさんくえる。おれのどこかが破けているのかもしれない。くいものがわき腹から出てぬれてる。消化のとちゅうでくいものが噴出する。どばどばどば。いっぱい出てる。

木よ
おれが
ちいさくなってどうするのか
よわい国は
たくさんの家族といっしょに燃えるだけだ
どんどん
あたりがかわっていく
(ひとは腹がへるので止まっちゃくれない)
多発性です

美しく
父
母は
へりをあるいていくことができない

どうかするると夢が島になついてしまうが、それは拒否しなければならない。この子はまたへんなぎもんをもった。いいかげんにしてほしい。あきたよ。ひろったくいものの名前をいちいちきかないでほしい。どいつもこいつも、ひくつなころでちぎれそうになっていやがるよ。

ひろがっていく
道
のだらしなさのことをかんがえていた
（うんてんしゅさん、みぎです）
（みぎ）

そこも通った
そこもそこもそこもだ
ひかり
つづけているわたしたちのいやな隅がわすれられない
(こら、うんてんしゅ)
(みぎだと、いったろうが)

車内ではねむっていなさい。生きているからって、そう毎日起きることはない。四人しかのれないんだもの。酸素がどうしてもたりない。肺はすててしまいなさい。助詞なんかいらないんだよ。

ほんとうは
妹だっていたんだけどね
おかっぱで
くさったものをたべて死んでしまった

うまれ
てきたときからかがんでいたお人形でした
青い目をして
うすくて
(なにを)
いってるんだろうねえ
母
のようなもの
(首がいくつもあって)
降臨してからはバスのなかではたらいた
きっぷが
つぎからつぎへ
あてもなくでてくるのだ
ごはん
をむちゅうでたべているときも
青い目で

道のことをおもってしまうのである
わたしはその脳にまもられたところをあるけない
島が
すやすやねむっている

みているだけでいらいらするんだよ、みこともち。狂っちゃいそうだよ。なんてね。みこともち、ってやつはじぶんの脳の片側をぬらさない。

はだかでくらしていた
おしっこ
が記憶からもれているのにも気づかない
ちょっとあんた
くさいよ
おねがいだから
父

母を
いきものとしてみないでください
（わたしは）
まだそのくらしのなかにいない
昭和
という
（消えたおじいさん）
がたがやしているぎらぎらの隅なのである

ああ、たんぼだ。たんぼだ。よくみると、ちいさいひとがいっぱい植わっている。どれも成長しねえな。だから米はだめなんだ。パンをくえ、パンを。そのパンは田中くんちのはなくそパンだ。

はだかで
こんなふうに繁茂するとはおもわなかった

なんかおかしい
妹がいつもゆびをなめている
すこしも
おおきくならない
うつされたものはそういうものだよ
骨を
なんどもうつす
おれのこころがこんなしゃれこうべであってたまるか
でも
そうなんです
いちいちかんがえてることを言うな
お
とうさんは
うるさいんだよ
妹のゆびはなめてもなめてもなくならない
あかい舌がぺろぺろぺろぺろ

お経なんか
いったいこの子はどこでおぼえたのかねえ
（いえ）
それは家庭の医学というやつ
わたしは
のう書きをぜんぶ声にだしてたれながしていたう
るさいんだよ
おかあさんおかあさんおかあさん
（機械の音）がします
もうすぐ
ぴかぴかのあたらしい妹がやってくるのだ
ああ
このひとたちは新発売
おかあさん、魚の頭のおみそしる、おいしゅうございました。

おそまつくんチョコ、おいしゅうございました。そういう頭部になって、突っこんでもよいと思ったのでした。もう魚だもの、客観なんていらない。ぜいたくではないか。若いひとたちはそう言うけれど、その坂をひとりで歩かされてごらん。空なんかまっ黒でよい。あればいい。そう思うんだよ。

ふうけいは
箱にはいっているのでとてもあったかい
朝
忘れてきた
おべんとうのようなものだ
ひとのにほんごはいつまでもおわってくれない
わたし
の現象はおわった
それから野菜をかいにいく
この世の

職員
がねぎのことをかんがえている
でも
それだけではたべていけない
まっすぐにあるけない
かぼそい骨から
（わたし）
がだらだらながれていく
かんがえていることがやわらかいねぎみたいだ
遠近法がよわいんだよ
うずくまって
わかい職員が
でたらめな線をひいている
せんそうもにほんごもおわらない

どうしようもないみことももち

いったいなんだって泣いているのかきみは
(しょうがないなあ)
隅
でちいさくもられたごはんをたべていた
もうおかわりはないよ
平和でも
これはやっぱり疎開なんだからね
みんなで東京へいく線路をさがしましょう
(ランドセルしょって)
いたるところ
ごはんつぶがついている
ひらがな
にとりつかれてにげていく学童
おかあさん
せんそうのうんこはどこでしましたか
どうして

そういうつまらない戦前のしつもんをするかね
おかあさん
ここはさいごまで隅だから
(だれにも)
きみわるいびょうきのうんこをするところはみられない
だれにも

でもどうして
みんな眼がはんぶんしかないのか

また
夢の島にいた
うめられたがわにもけんめいなひとはいる
昼だから
(土地の音がしない)
かかとをばらまいてごらんなさい

どいつもこいつも
ただ
にはよわい
いい年してけだものの行列になってるよ
犬と
人類ははいるべからず
それは
わたしたちの夢にあるしらひげ橋です
鉄
のくみ方がとてもなつかしい
島が
かたむくから
そっとかた足でゆくのですよ

すると、病室が生きかえった鳥のように鳴きだした。うるせえなあ。カーテンをひいておいておくれ。おれたちはほんとうの土じゃない。日が暮れると、足が隅からわけもなく燃えるんだよ。だいじょうぶ。その火はわたしたちにはうつってこない。このかたちでいるかぎり。

ねむりながらとぶ
つまりあたらしいたたかい方
ごらん
わたしのしたはひさんな空襲
土地は
なんども焼いてきたえる
でなけりゃふとったいい工場はたてられない
ねむると
そこにもどってくる青い土地
ああ
みこと
をやさしくたもっていられない

うつりたいんだよ
店があって
大声でおもっていることを売った
ふたつ
でひゃくえん
りゆうが
どうしてもないんだよ
工場がちっともりゆうをつくらない
不況だね

みつめどおりをくだっていく

(うらおもて)
平面
がふいにたちあがるおそろしさ
わたしたちの生の

はやさかな
（みんなばかだからすごくはやい）
うえさま
でいいですか
このおわりのへいめんを領収してください
そこからやすっぽい空へいそいでいく
はやいはやい
（やっぱりみんなばかだな）
みつめどおり
をみおろしているひとにあいさつする
みぎだよ、みぎ
どうしてわからないかねえ
めんどうくさいから
どっちへまがるかなんておしえない
びしょびしょ
の平面にかわっている

父
母が
この
やさしいてのひらをぬけられない
なんども
なんども
じぶんの名前を書かなければならない

（たとえ島がどんなかたちになったとしても）

線分はやがてくずれるのですよ
ばかが
いちれつでうるせえや
わたしたちはそれでも朝までならんでいるが
（なんのことはない）

それが生成ってやつ
はやくみんなのおとうふをかってきなさい
たいらなくせに
おわりをごまかしてやがる
きもちの
そういうところがびんぼうなんだとおもう
なんだか沈黙が
（くさい）
ものがはだかでやってくるにおいだ
ここはちがう
ここはおかしいよ
どうしておまえのむこうが道になっているのか
そこはもう通った
あんときゃ
ほんとに物質が売れなくてこまった
かわいて

首がまがらなくなった

雨がふって、どうしてかぼくたちは立っていたのだ。黒いおじさんたちがぼくたちの周りに立っている。おじさんの金属のにおいだ。おかあさんが話しかけている。あぶない。仕事のないひとたちに話しかけている。ぼくたちももうすぐ雨に濡れてしまう。でも、まあそれでもいいか。

ここはおかしいよ
ねずみもいっしょにやってきた
おまえの下にも
うまれたときからちいさな行列がいるんだよ
新三河島の駅をすぎて
(わたしは)
へんだね
ガスタンクが

ひとの顔みたいにてかてかひかっている
（母は）
それどころじゃない
目がなにを見ているかわからない

痛いときはかまわず
いうんだよ
もう〈もの〉ではない
比喩
にしないでいいんだ
（そうだねえ）
新井のいえもみんなからだがわるくて
親戚はみんな
ふるい舟にのっているのだもの

ちがうよ

おかしいよ
それはおまえが親の背中に書いたものだよ
(わたしは)
新三河島の駅をすぎているところ
ずっと
じぶんのなかをながれながら
とうとうおしっこも
七十四歳になった
ここはちがう
ここはおかしいよ
よそのひとがぐるになっている

ひとがわたしのむこうでへちまになってしまう。これはいいへちまだ。へりくつをいわない。ずっとぶらさがってきたやわらかさだ。父はそのへちまでわたしのひじを洗ってくれた。黒くかすれているのは、それだけ手をふってきたからさ。というのはうそ。そのていどでにんげんはよごれたりはしない。
ここにはふたつのうそがある。きみはわかるかい。

ひかり
をみておくれ
やわらかいものにだまされちゃいけない
警察にいうんだよ
わたし
は消されようとしている
手続きで
うすくひじがよごれてしまうのである
へちま
として母
がねかされている
みえているものがだれにもみえない
どうして

ひかり
がふたつになってしまうのか
ひくい音のひとがぶらさがっている
それぞれに
子
があって父母のうらみをはらしておくれ
みんな
さびしい処理にけんめいなんだよ
鬼神
にみえるかもしれないねわたしたちは
ビニール袋をもって

もうおわりにしたいんだよ。箱が、箱にまとわりついて、ふたをうるさくあけしめしていた。(いたい、いたい、いたい)。そこからおとなしい島にむかった。おとなしくなるためにひとは袋をもっている。呼吸にねいろがついていた。どうして、いつまでもよくわからないにほんごを書いているのかねえ。もう、あきらめてふたをしなさい。わたしがこまかく切られて隅までつめられている。ぶた肉みたいだ。

(詩は)
ふたですか

窓がまた鳴った
いちにちにさんかいひっくりかえされた
いたい　いたい　いたい
魚
じゃあるまいし
からだに跡がついちゃうよ
箱
のままだ
窓がまた鳴っている

おかしい
へんだ
(ここにはからくりがある)
のったときからこのくるまはおかしかった
だから大乗はいやだといったんだ
わたしが死ななければ
ほんとうのことはみんなにわからない
けいさつに
知らせてください
おわりが
かくされている
島においていかれるのはぜったいいや
どんなにおとなしい土地もいらない
土地には
また木や
草がはえるではないか

どんなにやるせないところからも植物ははえてくる。ぶれいものなのである。この島がぶれいものになるのもじかんのもんだい。できればこんなところにいたくはなかった。わたしたちは窓外をみている。みているほかに、なにができたろう。このぶれいもの。

わたしたちのねいろがにごっている
ながいにほんごはもういらない
みじかいにほんごももういらない
これからはだれにもきづかれない
きれいでしずかなくるまになるのだ

化車《かしゃ》

著者
廿楽《つづら》順治《じゅんじ》
発行者
小田久郎
発行所
株式会社思潮社
〒一六二—〇八四二　東京都新宿区市谷砂土原町三の十五
電話＝〇三—三二六七—八一四一(編集)・八一五三(営業)
FAX＝〇三（三二六七）八一四二
印刷所
三報社印刷株式会社
製本所
株式会社川島製本所
発行日
二〇一一年四月二十五日